VENTE

HOTEL DROUOT, SALLE Nº 11

Les Mercredi 11 et Jeudi 12 Décembre 1901

A 2 HEURES 1/4

OBJETS D'ART

ET DE

Bel Ameublement

Epoques XVIᵉ, XVIIᵉ et XVIIIᵉ siècles

TABLEAUX

<table>
<tr><td>Mᵉ F. LAIR DUBREUIL</td><td>M. Arthur BLOCHE</td></tr>
<tr><td>COMMISSAIRE-PRISEUR</td><td>EXPERT</td></tr>
<tr><td>Succ^r de Mᵉ G. DUCHESNE</td><td>près la Cour d'Appel</td></tr>
<tr><td>6 — Rue de Hanovre — 6</td><td>28 Rue de Châteaudun, 28</td></tr>
</table>

EXPOSITION PUBLIQUE

Le Mardi 10 Décembre 1901

DE 2 H. A 6 H.

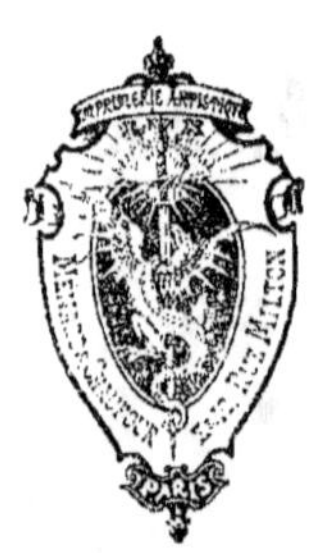

CATALOGUE

DE

OBJETS D'ART

ET DE

BEL AMEUBLEMENT

MARBRES, BRONZ S, ÉMAUX CLOISONNÉS

ARGENTERIE, OBJETS DE VITRINE

Meubles en bois sculpté, autres ornes de bronzes

Epoques et Styles

XVIᵉ, XVIIᵉ ET XVIIIᵉ SIÈCLES

TABLEAUX

DONT LA VENTE AURA LIEU

HOTEL DROUOT, SALLE N 11

Les Mercredi 11 et Jeudi 12 Décembre 1901

A 2 HEURES 1/2

Mᵉ F. LAIR DUBREUIL	**M. Arthur BLOCHE**
COMMISSAIRE-PRISEUR	EXPERT
Successeur de Mᵉ Duchesne	Près la Cour d'Appel
6, *rue de Hanovre*	*28, rue de Chateaudun, 28*

Chez lesquels on trouve le présent Catalogue

EXPOSITION PUBLIQUE

LE MARDI 10 DÉCEMBRE 1901

DE 2 HEURES A 6 HEURES

CONDITIONS DE LA VENTE

Elle sera faite au comptant.

Les acquéreurs paieront *dix pour cent* en sus du prix d'adjudication.

L'exposition permettant au public de se rendre compte de la nature et de l'état des objets, il ne sera admis aucune réclamation une fois l'adjudication prononcée.

Mais l'expert se tiendra à la disposition du public pendant toute la durée de l'exposition pour tous renseignements complémentaires.

Paris. — Imp. Ménard et Chaufour, 8-10, rue Milton

DÉSIGNATION

MEUBLES

1 — Vitrine en marqueterie de bois. xviiie siècle. Travail hollandais.

2 — Console en bois sculpté et doré à dessus de marbre blanc. Style Louis XVI.

3 — Console, style Louis XVI, en chêne sculpté et ciré, dessus en marbre vert de mer.

4 — Petite console sur un seul pied en bois sculpté et doré de style Louis XVI.

5 — Billard en chêne de BLANCHET avec accessoires.

6 — Canapé en bois doré de style Louis XIV garni en étoffe brochée et lamée or sur fond crème.

7 — Petit meuble de salon en bois sculpté et doré de style Louis XV, garni en étoffe brochée et lamée or sur fond crème.

8 — Lit en noyer sculpté et frisé de style Louis XV.

9 — Porte-manteau en bois sculpté, fond ornementé et ajouré. Style Louis XIII.

10 — Guéridon en bois de citronnier et d'acajou garni de bronzes. Epoque Louis XVI.

11 — Meuble d'appui à deux portes en bois noir avec panneaux en laque à rehauts d'or, décor volatiles, garni de bronzes dorés. Style Louis XVI.

12 — Colonne en chêne cannelé rehaussé d'or. Style Louis XV.

13 — Trois fauteuils Louis XIII à hauts dossiers recouverts en cuir repoussé.

14 — Petite étagère en pitchpin.

15 — Deux fauteuils de bureau recouverts en maroquin grenat.

16 — Grande table bureau Louis XV en palissandre sculpté, chutes, sabots, poignées et entrées de serrures en bronze ciselé et doré, dessus en cuir vert.

17 — Coffret à bijoux en bois des îles et filets de cuivre.

18 — Table de nuit en marqueterie de bois Louis XVI.

19 — Petit guéridon servante en bois d'acajou et cuivre style Louis XVI.

20 — Grande toilette en bois d'érable et d'amarante surmontée d'une glace cintrée avec étagères sur les côtés.

21 — Table à thé en bois de citronnier et marqueterie Louis XV.

22 — Petite table à trois étagères en marqueterie de bois et bronzes dorés, dessus à galerie ajourée.

23 — Chambre à coucher en bois laqué blanc décoré de fleurs, composé d'un lit de milieu, d'une armoire à glace et d'une table de nuit.

24 — Grande toilette en bois d'érable, moulures amaranthe dessus en marbre blanc.

25 — Petite glace biseautée, cadre en bois noir, sculptures en bois de couleur, fronton orné de deux figurines d'amour.

26 — Vitrine en bois de rose de style Louis XV ornée de bronzes ciselés et dorés, s'ouvrant à deux portes ornées de glaces.

27 — Bahut en chêne sculpté offrant une rosace au centre.

28 — Deux tabourets moucharabi.

29 — Deux tabourets en palissandre recouverts en peluche bleue.

3o — Deux chaises recouvertes de cuir.

31 — Chaise caqueteuse à haut dossier en noyer sculpté.

32 — Petite étagère en bois sculpté et doré.

33-34 — Deux armoires portes pleines en acajou.

35 — Petite commode Louis XVI en bois de luxe orné de bronze ciselés et dorés.

36 — Douze chaises de salle à manger à hauts dossiers recouvertes en cuir repoussé.

37 — Petite commode Louis XV à trois tiroirs, en bois de luxe et bronze dorés.

38 — Table à ouvrage en marqueterie et bronze.

39 — Fauteuil en bois sculpté couvert en étoffe.

40 — Fauteuil recouvert en peluche verte.

41 — Table ronde en acajou.

42 — Table à ouvrage en érable, bordure amaranthe.

43 — Chambre à coucher de style Louis XVI, en palissandre sculpté et ciré, composé d'un lit de milieu et d'une armoire à glace à trois portes.

44 — Commode à quatre tiroirs en palissandre sculpté et ciré, dessus en marbre.

45 — Table à pieds tors en bois laqué blanc.

46 — Petite table en bois laqué blanc, dessus en drap bleu.

47 — Lit de milieu en cuivre.

48 — Banquette en chêne couverte en velours rouge.

49 — Deux gaînes en chêne clair.

5o — Écran en bois sculpté avec panneaux
en grisaille à paysages. Style chinois.

51 — Table rectangulaire Louis XVI à deux
tiroirs en marqueterie de bois, garnie de
bronzes dorés.

52 — Table en bois du Tonkin sculpté, incrusté de burgau, décor paysages et oi-
seaux.

53 — Lit de milieu à petites colonnes torses,
en bois de palissandre. Style XVIIe siècle,
avec son sommier.

54 — Support en bois noir sculpté. Style
Chinois.

55 — Table de salle à manger en chêne
clair.

56 — Petit meuble forme crédence en bois
de palissandre avec vitrine, se plaçant au
milieu.

57 — Table-toilette en bois sculpté et laqué
blanc. Style Louis XVI.

58 — Chambre à coucher en noyer sculpté, de style Renaissance.

59 — Fauteuil en noyer sculpté couvert en velours de Gènes. Style Louis XV.

60 — Guéridon rond en citronnier, dessus en marbre blanc et galerie de cuivre. Style Louis XVI.

61 — Armoire à deux portes pleines, peinte en blanc.

62 — Petite table laqué blanc ornée de peintures.

63-64 — Deux chaises et un petit fauteuil.

65 — Table ronde en bois de fer incrusté de nacre.

66 — Devant de petit buffet en sept morceaux en bois du Tonkin.

67 — Glace sur pied en bois du Tonkin.

68 — Ecran en bois sculpté, feuille en soie brodée.

69 — Coffre en bois de camphrier.

70 — Table de salon Louis XVI, en acajou ornée de bronzes, dessus marbre
vert.

71 — Paravent Louis XVI en bois sculpté
et doré garni de soie crème, à quatre
feuilles.

72-73 — Deux consoles Louis XVI, demi-
lune en bois sculpté et doré, dessus marbre, surmontées chacune d'une glace en
bois doré.

74-75 — Deux guéridons ronds Louis XVI
en bois sculpté et doré, dessus marbre.

76-77 — Deux bergères Louis XVI en bois
sculpté et doré, couvertes de soierie.

78 — Bergère Louis XVI en bois sculpté et
doré, garnie de soierie.

79 — Meuble de salon Louis XV composé
d'un canapé, deux fauteuils et deux
chaises en bois sculpté et doré couverts
en soierie.

80 — Cadre bois sculpté doré Louis XIV.

81 — Trumeau Ier Empire.

82 — Lit gothique en bois sculpté.

83 — Toilette en pitchpin, dessus marbre, cuvette à bascule.

84 — Guéridon en bois noir.

85 — Glace cadre bois laqué.

86 — Glace cadre doré recouvert de panne.

87 — Tabouret de piano bois noir et velours.

88 — Lanterne d'antichambre à gaz.

89 — Poêle Choubersky.

90 à 100 — Meubles courants, objets divers et de débarras.

OBJETS D'ART

101 — Statue en marbre : Raphaël Sanzio enfant représenté assis et dessinant, signé Zocchi à Florence, posant sur une colonne en marbre.

102 — Paire de lampes formées de vases en émail cloisonné de Chine, fond bleu turquoise et paysages fleuris en couleur, montures bronze.

103 — Paire de girandoles à trois lumières en bronze ciselé gravé et doré. Style Louis XIV.

104 — Paire de petits flambeaux forme vase en spath fluor sur socles carrés en aventurine, montures en bronze ciselé et doré époque Louis XVI.

105 — Deux petits écrans en jade vert offrant en bas-relief des scènes chinoises monture en bronze ciselé doré et ajouré.

106 — Service à manger avec gaine en émail cloisonné de Chine.

107 — Buste en bronze, Jeune Romain.

108 — Paire de beaux bras d'applique en bronze ciselé et doré à trois lumières, modèle à tête de béliers et guirlandes style Louis XVI.

109 — Deux groupes en bronze, les chevaux de Marly.

110-111 — Quatre lampes formées de gros vases en émail cloisonné de Chine fond rouge et bleu turquoise à fleurs et inscriptions en couleur, moulures en bronze doré dans le style chinois.

112 — Deux tabourets forme barils en porcelaine de Chine vert clair, décor en blanc.

113 — Deux grandes jardinières en cuivre, anses à tête de lions.

114 — Petit cabinet chinois à étagère.

115 — Buste en bronze Marcus.

116 — Six fleurets.

117 — Quatre épées de combat.

118 — Couteau de chasse avec baudrier.

119 — Cartel Louis XV en bronze cisele et doré, à rocailles, guirlandes et volatiles, le haut sui monté d'une figurine d'amour, cadran signé LEPAUTE.

120 — Pendule Louis XV en bronze ciselé à rocailles et fleurs, surmontée d'une figurine d'amour joueur de flûte, cadran signé HERBEAULT.

121 — Grand buste en marbre : Diane chasseresse.

122 — Grand buste en bronze : l'Oriental, par MARCELLO.

123 — Statuette en bronze : la Clef des Champs, par CH. LÉVY.

124 — Paire de bras d'appliques Louis XV, à rocailles.

125 — Coupe Empire portée par deux bacchantes en bronze doré.

126 — Paire de candélabres en bronze à figures, d'après CLODION.

127 — Petite pendule en bronze : amour au tambour, socle en marbre.

128 — Petit groupe : Bacchante de CLODION.

129 — Deus figurines en biscuit.

130 — Buste de femme en marbre blanc, décolletée avec rose dans les cheveux.

131 — Deux grandes boîtes en bois incrusté de nacre.

132 — Cuvette en cuivre niellé.

133 — Pot à eau analogue.

134 — Deux plateaux ovales en cuivre.

35 — Service de fumeur en cuivre.

136-137 — Cinq boîtes diverses en cuivre.

138 — Boudha en bois.

139 — Deux écrevisses en bronze.

140 — Quatre couteaux et poignards.

141 — Bel album avec couverture formée de deux plaques en écaille sculptée, travail japonais.

142 — Boîte à bijoux en écaille.

143 — Buste de femme Louis XV en marbre blanc.

144 — Service à café en cuivre argenté, travail oriental : plateau, cafetière, sucrier, 6 porte-tasses et 5 cuillers.

145 — Seau et gobelet en bois, garniture en cuivre.

146 — Paire de bottes arabes en cuir rouge brodé.

147 — Sacoche double en cuir brodé.

148 — Fonte de même travail.

149 — Instrument de musique et deux ornements orientaux.

150 — Bonnet de femme turque en velours rouge et broderie métallique.

151 — Cartouchière et pipe orientale.

152 — Pistolet d'Arion à crosse en bois plaqué d'argent, canon damasquiné d'or. Epoque Louis XIV.

153 — Yatagan à lame courbe, fourreau en cuivre.

154 — Grand fusil oriental avec garnitures et appliques en cuivre argenté.

155 — Fusil oriental, canon damasquiné garniture en argent ciselé et gravé à bas titre.

156 — Appareil d'éclairage pour billard.

157 — Paire de pistolets orientaux.

158 — Autre paire de pistolets.

159 — Terre cuite par Carrier Delleuse:
Nymphe et le Dieu Pan.

160 — Bas relief en plâtre patiné, cadre
peluche.

161 — Samovar en cuivre rouge et jaune.
Epoque du 1er Empire.

162 — Statuette représentant Jean Cartier.

ARGENTERIE

OBJETS DE VITRINE

163-164 — Quatre carafes à liqueur montures en vermeil.

165 — Deux verres gravés avec pied en argent.

166 — Petit panier en cristal, monture argentée.

167 — Seau à glace en verre craquelé avec
monture à figure d'enfant et pince à glace
argentée.

168 — Saladier en cristal taillé, monture argentée.

169 — Théière argentée.

170 — Quatre cendriers, les quatre as en
verre de couleur, moulures en argent
doré.

171 -- Deux salières en cristal, monture en
métal argenté.

172 — Petite lampe de fumeur, forme boule,
en cristal, monture argentée.

173 — Moutardier, salière et deux burettes,
en cristal, montures en argent.

174 — Moule à glace, en métal argenté.

175 — Lanterne de voyage, en métal argenté.

176 — Quatre petites cuillers à sels, une pince à sucre, rond en argent, cinq fourchettes à hors d'œuvre, sept fourchettes à huitre, en argent, marches ivoire.

177 — Petite théière, métal argenté.

178 — Petite lampe, métal argenté.

179 — Balayette, bloc note et sonnette en argent.

180 — Petite veilleuse, métal argenté, amour et cœur.

181 — Poivrière en verre gravé, monture en vermeil, style Louis XV.

182 — Flacon en verre gravé, monture en argent ciselé et doré, style Louis XVi.

183 — Encrier, cendrier, cachet, tampon en argent.

184 — Cachet à petit buste de sphinx, en argent.

185 — Cendrier forme Louis XV, en argent.

186 — Cendrier forme Louis XV, en vermeil.

187 — Petit dyptique en argent, pour photographies.

188 — Miroir d'applique à une lumière argenté.

189 — Deux coupe-papiers ivoire, montures
argent.

190 — Paire de flambeaux, en cuivre poli et
ajouré, style Renaissance.

191 — Encrier en cuivre doré et repercé à
jour.

192 — Deux figurines, enfants dansant en
composition.

193 — Paire de flambeaux en bronze doré,
style Viennois.

194 — Petit tableau ogival, en bois sculpté
et doré, avec figure d'ange en peinture.

195 — Deux vases en Sabzuma, décor à
fleurs.

196 — Petit levrier en bronze.

197 — Jumelle militaire.

198 — Jumelle en aluminium.

199 — Encrier époque Louis XV, plateau en laque, monture en bronze ciselé et doré.

200 — Statuette en chêne et ivoire sculpté représentant la Vierge.

201 — Deux figurines en biscuit.

202 — Boîte ronde en écaille ornée d'une miniature portrait de femme coiffée d'un bonnet.

203 — Miniature ovale portrait de femme en costume Ier Empire, cadre sculpté à jour et doré.

204 — Miniature portrait de femme décolletée vêtue d'une tunique blanche recouverte d'un châle rouge.

205 — Miniature ovale portrait de femme en corsage décolleté rouge et bleu, coiffée d'un chapeau à plumes.

206 — Miniature portrait de femme en cheveux vêtue d'une robe quadrillée cadre en bronze à nœuds de ruban.

207 — Épingle de châle formée par un camée à tête de Brutus, entourage en or.

208 — Vingt-huit pièces médailles, monnaies, etc., en bronze, fer, etc.

209 — Trois boîtes en bois sculpté.

210 — Huit pièces breloques, cachets, coulants en bronze, argent et fer incrusté d'or.

211 — Poignard oriental manche en agate et argent, fourreau en argent.

212 — Dix pièces couteaux et canifs variés.

213 — Pipe annamite en argent

214 — Etui à cigares en argent ciselé.

215 — Chaîne de montre en argent.

216 — Griffe de tigre montée d'argent.

217 — Nécessaire de toilette en argent.

218 — Petite figure ancienne en ivoire.

219 — Dent de tigre.

220 — Sabre japonais.

221 — Petit lion en jade.

222 — Miniature portrait de femme époque Louis-Philippe.

223 — Chatelaine dorée Louis XVI.

224 — Boîte en cristal, dessus avec sujet.

225 — Lot de dix pièces : écone, étui Louis XVI, deux boucles d'oreilles, bague, petite miniature.

TABLEAUX

DESSINS, GRAVURES

ANASTASI (Aug.)

226 — *Vue de Roquencourt.*

Dessin au lavis.

BAUDOIN (Attr. à)

227 — *Dessin au crayon.*

BENASSIT

228 — *L'Emeute et la Curée.*

Deux dessins à la plume et encre de Chine.

BOILLE (Attr. à)

229 — *Jeune adolescent.*

Dessin au crayon.

BRENGHEL

230 — *Incendie de Troie.*

Cuivre.

BRION (G.)

231 — *Une Fête en Alsace.*

Grand tableau signé et daté 1872.

CALDERINI

232 — *Vue d'Oban.*

Petite peinture.

CASANOVA (Estorach.)

233 — *Le Bon vin.*

Cachet de la vente au dos.

CREWILL

234 — *Femme au sopha.*

DAUZATT (A.)

235 — *Motif de la porte de la cathédrale de Reims.*

Dessin.

DEBON (H.)

236 — *Arrivée de Godefroy de Bouillon à la Cour d'Alexis et les Ambassadeurs devant Charlemagne.*

Esquisse.

DEBUCOUT (d'Après)

237 — *La Noce au château et le Menuet de la mariée.*

Deux photographies.

DECAMPS (Attr. à)

238 — *Zabeck.*

Dessin.

239 — *Le Pêcheur.*

Dessin.

DIAZ (N.)

240 — *Le Moine.*

Dessin original.

DONNADIEU (J.)

241 — *Portrait de Dame de la Cour.*

Pastel.

242 — *La Chercheuse d'Esprit.*

Joli portrait de femme.

FRAGONARD

243 — *Composition de six personnages.*

Lavis au bistre.

GRANDSIRE

244 — *Chasse dans la Forêt.*

GRISON

245 — *Etude.*

INCONNU

246 — *Cadre renfermant dix-sept aquarelles anciennes.*

247 — *Motif de plafond Empire.*

Aquarelle gouachée.

248 — *Saint-Jean Baptiste.*

Gouache sur vélin.

JONGKING (Attr. à)

249 — *Bateaux.*

Aquarelle.

LARGILLIÈRE (École de)

250 — *Portrait d'homme vêtu de rouge avec manteau bleu.*

LENOIR (M.)

251 — *L'Entrée du village.*

LEPRINCE (Attr. à)

252 — *Esther et Assneries.*

Dessin à la plume et lavé d'encre.

LE COMTE

253 — *Retour de l'Église.*

Gravure en couleur par **Jazet**.

LEDOUX

254 — *Projet de plafond.*

Aquarelle.

LEMOINE

255 — *Baigneuse.*

Dessin.

LETUAIRE

256 — *Le Grand Duc Constantin.*

Dessin.

LOBEL

257 — *Après le souper.*

Pastel.

MESSONIER

258 — *La Confidence.*

Eau forte avec remarque.

PERENOT ET DESRONE

259 — *La Pélerine et le Soir.*

Gravure en couleur par Villeroy.

PRUDHON (d'après)

260 — *Innocence et Amour.*

Deux gravures en couleur.

PUJOL (Abel de)

261 — *Projet d'une chapelle de Saint-Sulpice.*

Aquarelle.

REMBRANDT

262 — *Eau forte.*

RIGAUD (Atelier de H.)

263 — *Portrait en buste du cardinal Hercules de Fleury, grand aumônier de la reine, Ministre d'Etat, grand Maître et surintendant des Postes.*

Le portrait a été gravé par Roy de Thomassin.

ROUSSEAU (Th.)

264 — *Les Bateaux.*

Esquisse.

SCHEFFER (Ary)

265 — *Portrait de l'artiste.*

Aquarelle.

VAN DYCK

266 — *Dessin original.*

VAN DYCK (attribué à)

267 — *La Mort du Christ.*

Dessin gouaché.

WATTEAU (genre de)

268 — *Peinture imitant la tapisserie.*

YOUNG

269 — *Portrait du vicomte de Marin.*

Gravure anglaise.

270 — Gravure en noir : *Le Départ du Roi.*

ECOLE ANGLAISE

271 — *Portrait de femme songeuse.*

Aquarelle.

272 — Gravure en noir avant la lettre : *Animaux au pâturage, avec signature de* Rosa Bonheur.

273 — Gravure anglaise en noir, ancienne : *Assemblée de jeunes filles aux travaux domestiques.*

274 — Dessin à la sépia : *Femme et enfant.*

275 — Gravure avant la lettre : *Jeune femme et enfant implorant la Reine.*

276 — Pièce en couleur : *La Déclaration.*

277 — Pièce en couleur d'après Huet le Cerisier.

278 — Deux gravures d'après Wille.

279 — Cadres en bois sculpté. Style Louis XVI.

TAPISSERIES. TAPIS
ÉTOFFES

280 — Morceau de tapisserie verdure.

281 — Morceau de tapisserie Renaissance.

282 — Tapisserie à personnages.

283 — Tapisserie verdure.

284 — Tapis persan.

285-286 — Deux grands tapis d'Orient, à polychrôme.

287 — Paire de rideaux en soie brochée vieux rose.

288 — Cul de lit en forme de dôme, avec rideaux en soie brochée à guirlandes de fleurs et de feuillage, style Louis XVI.

289 — Décoration de fenêtre en soie brochée de même dessin.

290 — Deux paires de dessus de pantoufles en soierie brodée de Chine.

291 — Dessus de lit et deux taies d'oreiller en soie brodée.

292 — Quatre dessus de fauteuils en soie brodée de Chine, fond grenat.

293 — Trois panneaux en soie brodée, fond jaune.

294 — Tapis de table, fond jaune.

295 — Devant de moustiquaire.

296 — Tapis d'escalier pour deux étages, moquette fond crême.

297 Tapis moquette, fond vert d'eau.

298 — Objets omis.